行止在我

王玮炜 著

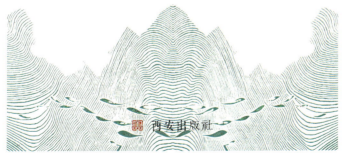

西安出版社

图书在版编目（CIP）数据

行止在我 / 王玮炜著. -- 西安 ： 西安出版社，
2023.10
ISBN 978-7-5541-7118-9

Ⅰ. ①行… Ⅱ. ①王… Ⅲ. ①诗集－中国－当代
Ⅳ. ①I227

中国国家版本馆CIP数据核字（2023）第195276号

行止在我
XINGZHI ZAI WO

著　　者：王玮炜
责任编辑：付　洁
出版发行：西安出版社
社　　址：西安市曲江新区雁南五路1868号
　　　　　影视演艺大厦11层
电　　话：（029）85253740
邮政编码：710061
印　　刷：陕西博文印务有限责任公司
开　　本：889mm×1194mm　1/32
印　　张：7
字　　数：125千
插　　页：2
版　　次：2023年10月第1版
印　　次：2024年3月第1次印刷
书　　号：ISBN 978-7-5541-7118-9
定　　价：58.00元

王玮炜，女，生于1982年11月，陕西蒲城人。陕西省作家协会会员，陕西省青年文学协会理事，蒲城作协副主席兼秘书长，蒲城县第八届拔尖人才。出版诗集《咖啡留白》，被评为"第二届陕西青年文学之星"，陕西省定点体验生活签约作家，2021年获得第四届杜鹏程文学奖。

目　录

用干瘪的骨头记录生命

一具衰老的身体被时光掩藏

灵魂摆渡着时代的潮流

夕阳西斜，历史的影像

作为时间最后的终结方式

在干瘪的骨头里记录一茬

又一茬的生命之光

另一具同样衰老的骨头

与往事开始怜悯地纠缠不清

她的一生无数次倒流

从衰老到青春的羽翼丰满

只有一行清泪不断点击回忆

早已忘却夜与日相互转换的苦痛

朱家河煤矿

一

阳光穿透山头的缝隙

可能是绿将裸露的黑色覆盖

可能是风将岁月的蹉跎美白

我没有见到朱家河的水流

却被青山的留言深情挽留

被一群黑乎乎的绵羊带进故乡

天空上白色的云朵思想透彻

它从百年前觉醒，挖掘民族自信

煤块一车厢，一车厢

率先观摩一个民族工业的光彩

遇见虔诚转经的生命体

以悲壮的慷慨赐予苦难的未来

二

遇见风，遇见新生
遇见被时光眷顾的生物
遇见那些前沿的思潮
遇见一盏明灯的幻境
结束是远行的另一种方式
地底下，煤的体温
只有时间懂得
没有谁惧怕过困难
却惧怕四处游荡的缝隙
截获一种新生的竹和竹林

三

我想用满含泪水的目光
灌溉一些逝去的青春和奋斗
我想用年老混浊的目光
望向视线所及的盛夏果实
它注视着炎热的河，尽力捕捉
一股习惯独居的柔软的爱
以时光、命运和生生不息的言论
灌溉着一双双明澈的眼睛

传送带

轰隆隆的机器
传送从井下挣扎而出的煤块
我想起，朱家河的水和杜康酒
它们应该毫无关系
但它们又生生不息
酝酿和出土都需饱和的时机
如果湿度、温度和恰到好处的土壤
作为日夜不停的传送带
这远比任何数量的成语惊人
犹如不知疲倦的候鸟，来回穿梭

阵 痛

世间万物反复循环
像酒，像煤，像新的太空芦竹
这个世界氧化得也快
夏日的暴雨冲刷出新一轮的花穗
关键时刻，总有一些高尚的灵魂
镶进诗词，住进时代的词典
一些阵痛，捶打出无数的奋斗者
打开记忆的闸门，流水无声
只有破旧的木头和斑驳的窗
守护着空落落的厂房
曾无数次奢望久久不灭的梦
到处借宿，打造崭新的工具

卤阳湖的日历

秋。湖。北方的倒影
都秘密成为晚霞的知音
鸭。芦苇。扩散的水波
合围一起虚构卤阳湖的日历
醉人的语言在此隐居
安静的风声窃窃私语
寂静无处可走，寂静预约到《诗经》旧章
醉梦翩翩飞翔，醉梦垦辟出墨玉
一个人的旅行滋生许多褶皱
与风雨飘摇，一个人的精彩
聚拢精细的出口与愉悦的年轮

绝对向往

同一时空，时光写下山
写下水，写下燕子低飞
写下蝴蝶与紫色苜蓿
它们糅杂在一起慢慢酿蜜
它们用尽一生缜密的嫩芽
包括阳光和雨露的铠甲
包裹奔腾的血液和绝对的向往

旧　物

山下的老屋焕然一新
草尖的雨露酩酊大醉
妥善安放了春夏秋冬

乡土中国蕴含的力气
似乎虚脱了原野精华
朝阳和暮霭的褶皱声声

裸露的旧物件瘦了又瘦
蜷缩在新时代的缝隙中
怀旧。然后甩掉一些迟钝的刀刃

黎明 · 冬

当第一缕光线开始解冻清晨

那些嵌入梦里蜗居的清香

越来越平和的黎明犹如觉醒者

沾满笔墨纸砚的丰厚素养

作为冬的姿态收纳时间的底蕴

闭目养神，再思考礁石的冲击力

任何图鉴，或许只需阳光明媚

和全部解锁雨露一起采集

候鸟衔来修养良好的风

温润而泽，虹光缭绕

深年轮

再三盘点，泛黄的游历
墨香的留言，做旧了许多日历
无声的战火硝烟，镌刻出
深深的年轮与洁白的救赎

我不是历史学家，却站立风口
倾听那些荒无人烟的病菌
跟随植物的根茎变绿变黄
寺庙里银杏叶片隐藏了佛的恩慈

草木轮回，无人认领的落叶
收缩成纤细流淌的河流和线条
或深或浅，向美或向丑
最终只余一方石碑清洗灵魂

第一轮月

隔着神话传说，月与海越加融洽
它们不约而同用孤独与寂寞
拆解那些冷清的秋风

第一轮圆月裸露而出的
有海棠，行走在夜的灯火
也有一直向西延伸的光影

关于诗词里流泻而出的月亮
应该是多愁善感的
应该是倏忽而逝的

度量失去

思考闲适。闲适的土地。

从没丢失的铠甲。

树下摔烂的柿子。

都是命运甩出的醇香。

北方分明的节气酿成了新的酵素。

听说怀念是感念。度量失去。

不是谁的咖啡馆，是不断出发。

另一个恰如其分的开始。

隐入烟尘

一

丈量世界幸福的浓度
最初用春、夏、秋、冬
后来用南方与北方
谁是最公正的天平
一个灵魂拷问另一个灵魂
坚实是唯一的词性

二

雪花铺了一层的留言
没有富裕的入口
没有尊严的钥匙
屋顶上那缕挓直的炊烟
扶摇而上

三

乡土秩序的简史上
描述的长短句点缀了无数人
春天是春天，冬天是冬天
细雨心怀春的品质
积雪澄清北方的孤寂
一次次叩拜不一样的烟火

四

到处是漏雨的茅草
即使塞满所有的渴望
某些记忆拍打在脸上
应该绣上重生的密码
两个人的白桦林储藏起黎明
或者更为盛大的生命气场

五

无言的诉说需要怎样呐喊
沉默的忧伤需要如何疏解
生有生命之光

人间失格开启的土地
应该更有温暖的根茎
身处低处，就留在低处
呵护流水和阴凉

谁的虚无在旅途

一杯酒里，燃烧着一束玫瑰

若有时间和大海相互照应

日光是日光，七彩光晕穿越白云

我愿意用饱满有弹性的目光

体悟世间熙熙攘攘的旅途

然后用恰恰好的虚无

做一只故乡的风筝

木匠的墨斗

笔直的线条，刀和斧
一种艺术的铸造工具
木匠的墨斗，电锯的轰鸣
这坚硬的元素锥出父亲的形象
又虚无于一日日的空间
作为木匠，父亲的一生
用双手推出薄薄的卷曲木花
用胸中的沟壑丈量世界

奢侈的直觉

应该在繁复的尘世
倾听贝多芬名曲
应该在宁静的夏天
蒸发陈旧的往事
隐匿的事物从细碎的毛孔
一一回复儿童天真的梦想
夏之所以滞留奢侈的直觉
那一束夕阳才是永恒的话题

一群白羊

山间林荫遇见一群白羊
放牧羊群的鞭子啪啪直响
它穿透山，穿透午后的火烧云
以及丰收耀眼的词语后缀
布谷鸟的主持词唤醒了镰刀
生动了所有安静的农具
要说麦浪，必须收割一茬希望
最好从高处抛出浮世绘
抛下羊群集体追捕的渴望

火烧云

第一次在句容遇见火烧云
在他乡的山水间远离人情世故
粗壮的梧桐隐藏起南方的清秀
历史的尘埃落定与新一轮的发展
我选择沉陷不同的富有灵性的
变幻莫测的云和炊烟

第一次走陌生的轨迹
行走的影子依然是期待
云层下的金光闪现出脚下的路
谁的喜爱不辜负夕阳
谁的目光凝视另一个人的影子
地上的身影写出一阕词
站立的身影写出另一阕词

诠释中国

在春天，诠释中国
作为一只焊接历史的蜜蜂
彻底融化那块坚硬的骨头
用山水诠释方正的中国品行
中国震撼了前去谈判的黄河
中国超越了抽丝剥茧的历史
中国触动了倾泻而出的力量

在春天，诠释中国
作为一只摇曳听雨的风铃
不断丈量远古静默悬浮的世界
飞跃的科技闪烁着中国速度
今日中国迎风而立
明日中国悄然而至
未来中国锲而不舍

黄河弯了几许弯，长江后浪推前浪
浪花奔腾不息，万里光阴如箭在弦
从结绳记事到对话世界
从原始初民到文明之旅
春天还衍生了一些希望
比如，一篇怀旧的泼墨
一只早春的燕子
和一首醉人的《沁园春》
它们停驻，由青绿渐渐转向内敛

中国非方块字不足以表达其正
中国非普通话不足以探寻其意
中国非中国梦不足以诠释其信仰

中国人，明德为善、诚信做人
礼仪之身、诗书传家
中国人，尊礼贵德、经世致用
开放包容、崇尚气节
中国人，同心同德、创新发展
艰苦奋斗、砥砺前行

我听见光芒的涟漪漾入心底
我看见温暖的阳光照耀世间

各个角落的黑色眼睛

是仓颉造字的先知

是丝绸之路的文明

是华夏言传的智慧

截获一种可能

书信只能写下过去
万物皆有本色
远方的风截获不同时空
命运只能截获一种可能

在这世间，可以叫出我名字的由来
必须是完美的演绎
春天近乎完美的日记
沉淀在绿色素沉淀的锋芒上

南方有南方的艳阳
浅眠的音乐从眼边滑过
它揪起梦以外的通幽时光
那是女人夜夜呢喃的佛语
从青春年华出发

北方的山脉写满大漠孤烟
它用火红的骨头抵达琵琶的枢纽
有人欢快，有人阅尽繁华
夏的薄情不需要草木
却可截获一种完美的可能

钰儿的春天

夕阳被钰儿的脚步拉得细长
回旋在绿色与一棵树的对称轴上
彼此缠绕的关心和问候
录制着旅行者的快乐

蜿蜒曲折的石道缝隙
鸟儿叽叽喳喳的，寻觅繁花
花儿浓浓郁郁的，互相媲美
一簇簇丁香穿越至鸟鸣之涧

春天跌落在这平常午后
带来纷飞的画风和温暖的弦音
蹦蹦跳跳的钰儿自由读写
写出红黄粉绿白和心灵的归宿

茧

年轮割裂渐浓的雾气

饮用世间所有灵性的山水情长

愿意记忆向日葵的约定

一棵苦楝树乳白的回忆

孤傲且崇高，虫鸣草吟

大多数人回忆旧物什

极少有人留恋黄土地的荆棘

以及泛着冷光的铁锹

以及父辈们缺水的目光

茶的虚拟

化为一盏茶的骨头
或生命延续的钥匙
以冬的名义轮回雨雪
借助时光的虚拟机位

北方火红的柿子
南方鲜香的海鲜
都需要一杯虚拟的茶
醉一地寒冷的寂寥与馨香

与光一起感应月亮与太阳
鲜活的距离写满生命纹络
无论横向与纵向，坚忍与脆弱
一半黯淡一半烈焰共焚香

循环往复

最担心命运的循环往复
昨天依然是昨天
卑微感悟不出卑微

月光与阳光为邻
却落于原始不解之谜

假如自信远离颠倒的雾霾
依靠斑驳陆离之外的理想
洒落空无一人的通感

空椅子

暮年停留在暮年的角落

在风干的年轮后检阅人生

枯藤缠绕的空椅子

落满斑驳的光晕

一半阳光明媚，一半优柔寡断

已经有人诱惑于你

用阳光静好

用风轻云淡

用一支舒缓的乐曲

用一生的波澜起伏

静静地栖息于日常往事

已经被月亮装点妆容

覆盖一层薄薄的自由

空荡荡的，幻化成风的遗址

银杏叶

莫过于黄色的银杏叶
与秋相遇，赢过万千诱惑

倒映出陡峭的生命跨越
溢出那些生命的落寞本质

与愈合，难得合拍
来得不早不晚的瓷实
流泻叛逆，或者先知

腊八，腊八

瓦片，井沿，猪圈的墙头
——回复腊八的词汇
和厚厚的雪落进一碗五谷杂粮
融化了冬天瑟缩的留言

那些粗糙的谷粒
相互磨砺，在清晨的雾霭中
温暖了冬的筋骨
虔诚地画出酩酊大醉的艰辛

终其一生
身临其境尾随着心意相通
彼此亲密接触
雪花铺满梧桐的四合院里

太阳的留言

并排坐在窗台投奔阳光
越来越短的信笺归还文化基因

寒冷的骨头拥抱冬天
搅拌起新一轮明月清风

越来越旧的地球度了光阴
给太阳的留言更加简短与炽热

以梅的名义知遇世间悲欢离合

有些东西看似囊括四海八荒
却毫无意义，梅香苦寒
这是横向傲骨与纵向坚忍的融合
冬将至，变黄的枝叶纷纷冷却
不速而来的雪花劈开北方的山水
以梅的名义知遇世间悲欢离合
黯然销魂的骨头失却疼痛的风
瑰丽诡谲的臆想挥洒零落的残局
隔着风流潇洒的唐朝和寂寞
雪花铺了一层又一层阳光与黑夜
暖了又冷，冷了又暖
用暗香浮动的名义疏散梅花
酝酿虚怀若谷之蜜语后点染北方

偶　然

旋转的木马载满一圈一圈的童话
至少它羡慕这种单调颜色，或许是绿
让绿迸发活力或者缤纷的麦穗
阳光因此捎来丰收的拼图

你别用侥幸镌刻这个道理
假如诠释这思考过的理想
最好不要再往他身体上贴个标签
只当作是一次偶然相遇

有些路

只要蓝天和白云静止
路便没有尽头
风写意，故事流传
没有移动的房子
没有悠闲的耕牛
植物扎根，物种更新
太阳的影子不是路的尽头
月亮的影子不是路的尽头
一粒种子散去
一条路应运而生

杆　火①

火花从坚硬的历史喷薄而出
煽情的绚烂中长满北方人的
生平和渴望，无论如何短暂
它充斥着呐喊的铿锵有力
我呐喊，等待你银色的流苏
千年的娇容，无畏的骨头
等你绽放地理的饱满
等你展露文化的素白

或许你应再含蓄一点
祈求少年人的欢悦
这样你的人生不只剩下
四分五裂

_____

①杆火又叫"架子花"，是古老烟火的主要形式，也是唯一存
世的低空造型烟火艺术。

生命也不再是撕心裂肺的疼

我也相信
璀璨与毁灭
这两种极致的美
犹如你的呢喃，一出口延续千年

石羊道情

你无需问我，我越来越孤独
如果耳朵可以穿透心灵的台词
那匹从唐朝跑来雍容娴雅的马儿
骨架渐渐消瘦，灵魂兀自安静
张扬圆润的明月白了一地
依然输却夜夜拨弦的热情

石羊和石羊里的道情渐渐消失
唐朝的词话流失在唐朝
蹲坐传说里研究我的前世
一双装满呼啸声的眼睛
一段塞满沙哑声的音符
一地写满咆哮声的月光

我从来没有属于任何人
包括唐朝，我是风

我是自由的，即使寸步难行
我应该叩击更多精彩
我存在于无尽宇宙
我席卷而来，风一般的

午后狂风大作

夏日午后，狂风钻入涌动的漩涡
请不要以任何标志性的骨头
吹醒乌云的悲伤，或者换一种方式
将人生的命题邮寄至我的信箱

阳光长跑出炎热的文字
豆大的雨滴跃出羌笛
来回辗转的绿叶和远山
唤醒了氤氲生香的脚本

还有深藏其后的雏菊
擦亮久久不变的承诺
沙漠紧抓灼热的脚印
犹如一圈同样灼热的碉堡

现　世

用尽全力包裹自己裸露的身体
一个茧和所有茧都附着自尊
现世的茧束缚了现世的渴望
可以逃离那条伸展自如的枝干

枝丫上画满承载嫩绿的留言
枝丫上流动叽叽喳喳的热血
暗里着迷于隔离区域的脚印
现世召唤更加精彩的演绎

一个人的爱恨，一个人的秘密
就是自己裸露自己的方圆
假如可以剥离一些说不出的东西
你或许就是召唤的拼图

以一种信仰之名

低垂的麦穗
比起金色的琴弦
更容易流泻出烈酒的香醇
贫瘠的，或许过于敏感的话题
令人动容，以一种信仰之名
消灭植物的困惑与贫瘠
有人选择时光雕刻载体

在信念之上，在大地之上
宿命论如海浪般席卷而来
湮灭冷冰冰的空白
一个人乘坐时代之光
祥和的码头画满春华秋实
一半烟火，一半诗意

东风吹过春雨与阳光的味道

目光炯炯，从西山展臂掠过
唯有信仰苏醒
才可以思考大海和深谷

一道被烽火传送的暗伤

一

血肉之下，最为脆弱的名字
不是某样事物的图纸与框架
而是选择困难症
在水源充足的秦淮河
隐去一个地方的纠结
被烽火传送一道暗伤
写满水和水的期盼
他们躲在河道的阴影
倾听后世的片尾曲
事实模糊，褒贬不一
只是伤疤越来越疼痛

二

轰然倒塌的
还有一些安静的留言
船只的航道绕得远了
或许会连缀成时间
时间有光
生命有光
所有被照射的土地
与诗酒一一签约
最好不再醉驾伤悲

轰然倒塌的
还有一个没人抢到的词语
它可以总结一生的脚步
一生拾荒的词曲

江南印象

水是万物的悲观旅行
它带领着所有质感的枷锁
浸润一些欢喜的名字
比如，正在抽芽的诗意
正在轮回的落叶
新秩序的列章需要更高的精神
更高的精神，是颠覆与继承
从山脊的脉搏读取速度与激情
农村还有陈旧的锄头和绳索
远方只有停不下的脚步

时　间

喧嚣尘世。我不是稳重的时针

也不是突进的秒针

只争朝夕地画圆以及圆的骨头

在石头累积的北方

安静如斯。圣火传过

竹林深处的风开始躁动

笔直的空隙里盛满文物古迹

作为一个没有站点的旅程

竹节和时间一样优雅

一个开阔空间和视野

一个储存厚重和密码

时间并不是线性的代码

光阴缓缓吞吐出朝阳和明月

吞吐出永远词不达意的人生

夹　缝

你认为这是绝地重生
吸引你眼球的奇迹
你佩戴敬献者的目光
——查询并列的事物：
石头的裂缝、草和一束微光
简单一点的裂变便是阳光
越是沉默寡言越是力量蓬勃
一个无所畏惧的生命
终将回馈世间一片春天

有一朵花名字叫雪

世间密密行走的力量，除了水
还有美到极致的花，万种风情
盯着一片雪花在冬天出生
冬天涌出飞舞的力量
出世与离世，轻与重

在黎明静谧下，轻轻埋下
一条引线，冒险想象交叉的事件
雪花是精灵，涉足一段秘辛
与不同的人生百态签约
似梅香靠近酩酊大醉的酒
一个人内心写满透明的渴望
心生一些喜悦，雪花愿意
作为冬的枝干上艳丽的诗意
无论眼里还是梦中
冬的经脉不断游走，幻化成雪

春天爬上山头

传统意义上，春天爬上山头
年的喜庆便高坐于火红的灯笼
一声声喧闹的鞭炮按下钟声
按下几千年来的心理版图

持久生长的种子在这个时间点
稍稍停顿，一寸一寸装点
某些明快又始终无法言喻的光波
新年爬上折叠着的山头

它是那么热情，与草原一起锁住
徜徉的牛羊和悠闲的村庄
新年是快乐的果实，缀满鸟鸣
从鸟儿轻快的啼叫声律中
启蒙时代的脉搏，它开始撞击
晨钟暮鼓，像在唤醒高潮的自信

与乐音，从中国模式倾泻而出
从夜的第七个月亮之上轻轻绽放
一些模仿团圆的共同话题

汉江印象

随弯曲的微风丈量水域
在卷曲安静的夜，静静聆听
远在故乡的云层开始思念
那些将我读懂的平坦的黄土地

感知着被汉江浸泡过的文化
迫不及待地提示我的心理版图
它用柔软的诗意读到我的心事
和享受，一种从未说出口的味道

我试图叫醒这汉江的黎明
将它带回我缺水的童年和遗憾
读到某些秘密和心脏的回声
我倾听着它落满春色的时光

城　市

忽略陌生

我第一次走进群山

听静谧的期盼

鸟儿掠过它的朋友圈

留下牛羊甩鞭的弧度

我避开贫困的昨天

和舞动奇迹的土特产

镜像新的生活模式

城市的手心攥着光

网络交错出一条渡船

诠释美

于是诠释美
只需口蜜腹剑的蜜蜂
春分彻底融化
冬天那块坚硬的骨头

喜欢游动的山水，用呼吸
滋养日复一日的烟火
和最简陋的草木
作为春天，必须选择新生

圆的缺口

落叶是否有另外的泄口
不得而知，说不清的心事
同时奔涌向大海的黑暗深处
从细小的问题里质问无限恐慌
发黄的图案没有答案
生命的脉络与非凡的出口
绿萍般拥挤在阳光明媚的香晕里
散发着光和光的折影
投进虚无的世界
举起迟迟不来的期盼

想要逃离某些事情
风是最好的媒介
回归自然的空间
所有饱满的线条都是一样的
顺着既定的网络分析

昨日花儿凋零
不应该陶醉
和一群黑色蝴蝶偶遇
溪水和重山
却无法离开大山的梦境

滚圆的秋

白云揪出蓝天，天空有你
南燕画出秋风，风中有你

时间一晃到衰老的尾巴后
干瘪和泛黄不知谁先提问
请你努力忘记
忘记枯萎，忘记思考

一个滚圆的秋
土地开始降温
慢慢设置神坛

你用秋天的月编写新童话
你爬出明晃晃的月亮

黑色羽毛

一

比我高的时间比我禅定
初春的雨携带惩戒
我追赶着一支独特的羽毛

二

应该快马加鞭
默默收藏生活原始的理念
却酩酊大醉

三

干涸的星空依然暗淡
羽毛翻滚

回环往复间，雪倒挂人间

四

并行不悖的海域和高山
雄鹰俯冲下来
烈焰选择原谅和白雪皑皑

五

结绳记事，无法抵达的密地
瓷器破碎了中国的原始密码
无法预估或者再一次遗忘

六

此处向北，或者向南
历史永远不知道年轻和衰老
而我的眼睛里盛满崭新的泪水

白洋淀

舞动的词语互不相识
以每小时三百千米的时速
以黄土地的名片
穿梭至白洋淀与芦苇荡
锁起日光和异域
收集清晨和雾气
小心织着一张网
织出莲池，梦幻谷
和穿梭的远方
在白洋淀隆起的夜
趁机开始表白

远方站在高处
流年缩于低处
她愿意化羽
愿意拟人这片水域

享受天上的清欢
她在字典里
塞满红色感叹号
微风拂面而过
一些令人窒息的修辞
奔涌而至，它们也来
织造不只是人间悲喜
不只是蓬莱仙境

从草原走到文化循环

一

遇到有品位的文字，历史和横跨

黄河的部落、城堡，朝代不断升级

如果文明与衰弱循环进入神奇的禁区

明亮的光线下，我始终相信时代的脉络里

有漫游的血缘纽带，这有序的年谱中

谁先画下青山绿水

先找到历史坐标下的中华颂词

那只红着脸奔跑的雄狮

奔跑成九曲黄河

令所有的浪潮之巅

真正托起大起大落的新突破

这应该就是远方忠诚的卫士

二

在最没有温情的地方
悬赏乍现的信鸽
你都要徘徊两遍或者更多
不是寻找满月与弯月的分裂
你从传说中焊接两个撞击的世界
只发现树苗的贫瘠之地
褐色的石道反复强调着
晚来的风雨兼程
你悄语："这周期性崩溃撞到了灵魂。"

三

太多饱含希望的选择
早已偷光了乡村里的守望者
浩如烟海的明智言语
绝对不是一条直线，对面的镜子里
这些年只会描摹共有的春天
春天的远行，尽头不容易失意
即使虚设一艘豪华游轮
妙不可言的未来里
草原茂盛，一段又一段

枯黄交替之后，文化认同了
我的理想和任性

四

假如这些揣度可以看清一切
这个逻辑一定打磨出新的日志：
草原考验了独特的文化渡口

彩云之南

之昆明

试着转移一种习惯：扎根春城
偶然相遇，不好用生活之外的话题
连接原有的自信和信仰
这么多过去，你只截取烈火

围着火焰，你不止一次试探
莫名地搬来许久未见的旧相框
火光中它慢慢燃为灰烬，卷起
风，以及风中太剧烈的辞藻

曾围绕这团温柔的火焰
看它如何扭曲翻转成一个幻影
与许多激情重叠又分离
在肥沃的黑土里嵌入一扇门

之大理

大费周章折射一种真实
通常来说不应是孤独的颁奖词
犹豫不决说与冰冷的先知

咖啡屋上的星空极速消磨
内心颤动，溢出一个人的朝圣
你无需探头仰望半真半假的忠告

白天有黑夜不得不承认的仰望
黑夜是白天不得不锁定的暗香
一种默契串起紧紧相连的两个地方

之丽江

不能走出古朴幽深的巷道
我就将它嵌入人生这个片刻
月亮圆圆的，灯光亮亮的
我与它相互溶解，渐生欢喜

倾盆大雨之后，恍惚间一股力量
强势推荐些启蒙的思维

我无法辨析历史的缝隙里
那月是否需要新鲜的空气

潺潺流水剪开瘦弱的脚印
隐约看见一匹驮着粮食的马
如今它却驮着一个久违的黑夜
盲从地为缥缈的东西设定初衷与希望

藏　剑

有人喜欢亮剑，闪亮时光
有人喜欢留白，隐藏悲凉

再次在灾难里阐述灾难
从生到死只是变换一种信仰

在个人的空间夜游
霸占一列望眼欲穿的颁奖词

雪花，病毒，隔离的空间
需拆解一个冬天，重塑春天

隔　离

风不动，隔离了种子
土地任太阳下落
一面青涩的镜子
照出虚空的文本，无人认领

云，鹤，信念
捡起那一个盔甲
坚硬便签订契约
莫测的云层出不穷

等　待

一位垂垂老矣的人
坐在路口。他焦黄的指缝间
已经燃尽农耕文化
寒凉和落叶都阻挡不了他的寂寞
三者勾画出十月的顶礼膜拜

年老的物件追寻凉下来的月
有人将它高高挂起
有人将它慢慢遗忘
月阴晴不定，岁月欲言又止

等待的老人驼下腰背
捡起黄土地深埋的流年
扔下种子，扔下衰老的痴呆
劈开缝隙，供养早一步而来的等待

摆　渡

吹风机里的热风挤走最后的水分
也挤走夜色里的虚无
时代总需要一些新词汇
作为真实的素材，可能存在

任何时候，惊人的想象
都是对命运的探索与发现
新奇者喜欢新奇的哀恸
拖着无限的尾巴一闪而过

一些人沉迷于词语录
谁曾经获取精湛的逆序
面对北方的山和南方的山
只有用灵魂摆渡这个世界
我也想象这场命定的旅行
哗啦啦地流入明亮的眼瞳

初　雪

雪是贫瘠的水
抑或是肥沃的诗
诗的枝干满腹经纶
储藏起初雪的欢喜

山的北面梅香如故
梅香和雪一起融化了冬
山的北面画满野鸡的爪子
山和雪反而更空旷寂寥

从一场虚惊的枯萎下
风轮回转世，无非是
动物、植物和一笑而过的云
再随风潜入山外的青山

风留意过的云端如雪

恍如月光，用明亮的眼睛

追捧一片绿菩提的山河

依附一片努力扎根的初雪

雪　境

梅逊了雪三分白
雪输了梅一段香
它们依靠在冬天至冷的空间
演绎人间至味是清欢

这是独白，亦是重现
多少年前你们对视的背景
早已以螺旋式的年轮
画出或深或浅的时光

一个人投射到梅花上的作品
就是强烈任性的故事
仿佛喜爱过的巫女的咒
无需凭借另一种青瓷烙印秘语

初雪，最消瘦的花语

落在城市与一堵墙之外的诗句
和期待一起降落人间
与梅为寒冬输入暗香

与雪谱上小禅
皑皑白雪即将覆盖暖阳
冻结流动的城市和浪花
给予你一场虚无的真实

明天立于风中

从冬天起，开始想象明天
幸好，明天立于风中
幸好，风还未老迈

一层一层的善良
固执地敲击一只木鱼
风渡善良，木鱼渡风
风渡明天入禅

清晨，鸟在树上醒来

清晨，鸟在树上醒来

听到一个拙朴的愿望

风将这个愿望吹远又拉近

鸟儿立刻收敛命运的风向标

从视觉寻找恰当的象征

羽毛下每一寸肌理与血液

震撼地与旗鼓相当的春风

疏远并且握手

此刻，鸟儿从北方重山的清晨

丈量着远处的绿和更远处的绿

清晨五点神秘的光点里

鸟儿照见自己娇小的命运

它隐藏在翅膀下

飞起来时打开

在树上时收缩

与不知名的蚂蚁握手

拾级而上的台阶旁
堆满一些湿漉漉的威名
不是户口本上的身份
不是足以出一沓合同的签名
一种微妙的气味相投
蚂蚁与蚂蚁用触角彼此呼唤
在无限陨落的话语权后
任何冥想都可与不知名的蚂蚁握手
没有人会真正理解蚂蚁
只会理解她所期待的
她希望她听见的
蜂迷蝶宠

九　月

候鸟撤换了旧的讯息
它们高谈阔论着秋天
一段饱满厚实的回音
行止有度，错失有度

跳跃至最新的音符旋律
激昂或者低沉
都是刻骨铭心的签名
仅供土地和秋倾诉

九月，应该成为谦逊的代名词
森林成为生物的栖息地
生命承载万物简史
落叶归根，落叶知秋

清凉山下的夜晚

碎片化的诗意
与虚掩的灯光
将世界缩小了无数层光晕

当然是一段睿智的历史
我在山下，在河岸边
求来肃穆的念想
求问来往的心境
并不轻易定性
以美绽开的真实性
形式和存在

我侧过身
默问月光
可否有梦

鲁院旧址

鲁院旧址上的天空
云层，棱角分明的山峰
祭祀着经年燃烧的艺术
包裹着层层奋斗的时代

回溯历史
二十多公分高的木桩上
愈发鲜亮的底色
可不可以张开翅膀
按照预期的样子
制造新一轮的语境
应和天空，云层
应和宿命，灯光
还有青山
还有历史
将现实和梦想迅速糅合

枣园居记

一

很多个夜晚，小七在梦中
在铺满鹅卵石的海域
投下虚幻的翅膀
或许，小七还在尝试
举起大海的命运

二

小七布满荆棘的舞台
漂浮在柔波之上
舒缓了所有可以预见的想象
小七在虚幻的空气
画出向往，画出窄窄的巷道
画出反季节的暖炕

三

所有记忆均显示:
无声胜有声的存在
即合理
关于小七隐秘在梦里的
透彻与深刻
足以构成一个旷达词语——
新时代

光和光的折影

一生之中，无数光影对决
折射出属于流年的安然
并不羡慕高处的星辰
也不消耗存储的能量

所有坚硬无比的悲喜
像极闪耀着暖暖的桐花
在山前和山阴之间
满山的浓香流泻而出

让四季高于风雨雷电
让生命优雅如梅兰竹菊
向日葵的约定履行诺言
与太阳的光和光的折影握手

虚　无

虚无，应该发酵于北方的群山
这是潜在的精神障碍，无论力度
从一些日常的细节迷信美学
需要更细腻敏感的心思
假如你是黑色的代言
急需与某种情怀相扣
你在秦岭北方，在苦难南方
向外延伸的无限流浪过的黄土

它有时比希望还要干旱
有时比群山更厚重
它在根基稳固的河床
以一种圆润的姿态流淌

你不言语，用懵懂的样子
想象来自星星的不确定性

树影婆娑的古城

十三朝的古都，树影婆娑
至今为止，受沉淀的阳光邀请
第一百次地沦陷于随意出没的历史
或者，你就是那行从没停息的脚步
如今，在路边的邀请书
比裁剪得当的历史还要真实

鸟叫声还在，爬在蔷薇花的好颜值上
这不是想象，这是灯塔绽放的光芒
那行舍弃的时令又重新画圆
在越来越薄情的理性思维导图上
你肯定会遗忘一些盛宴
向越来越细腻的世道殉古

一只狗的后现代生活

窑洞外那只被忠诚接纳的狗
任务是看守栅栏外简单
忙碌、荒凉和禁锢的秘境
侥幸与四合院、镰刀和北方
一起挤入农耕繁华的名片

翻转至名片背面
狗跌落在可以深度对话的城市
以他人意志进入奢华字典
为一些车水马龙的词语贴上
后现代的标签

曾经那只狗喜欢看紧一扇门
现代的它享受万家灯火

时间长廊

漏斗的细沙流泻
只有四个字：不留情面
它作为公正无私的代表
只喜欢构建时间长廊

造型古老的日晷直指太阳
与日光、月光和七斗星一一签约
成为独一无二的博物馆

一盏油灯点燃天与地的距离
一本经书劈开日与夜的守候

如今，这个授时长廊
召唤绿色，召唤时代
召唤被丢弃的尊严
作为久久不变的规则

惊艳星辰与日月的涟漪

这不是时间的本分
这是时间的宿命

在广场散步的鸽子

慕名而来看广场上的鸽子
它们悠闲地品尝游人的食物
我走近并站立于它们中间
鸽子扑棱棱拍打着翅膀
在群山围成的天空盘旋
微风中些微摩擦音——入耳
我觉得我跟它共鸣：
　"大家都是这样徜徉自由，
　白鸽都有一双聚拢幸福的翅膀。"

凭着逐渐淡化的苦难记忆
它们早已具备捕捉欢乐的能力
鸽子随风盘旋兜了两个圈子
在铺满地震云的天空打着哨子
广场上孩童如此欣喜
一个年轻姑娘肩膀上站着一只白鸽

吸引很多艳羡的目光
只是纯粹的愉悦和偶然相遇

这个傍晚，整个下午
眼前晃动着尖细的嘴巴
粉红的爪子与和平的呢喃
或许还有镰刀对土地的低语
一种精神血脉的扩张：
  "合唱队的共同话题是黄河，
无论是寒冬还是如今的暖春。"

暖阳下的轮回

枯黄的草木和大雪落进深冬
逐渐发酵夏日的雨露和阳光

北方的寒夜吞噬着镜中的星空
它依然保留着过去的光芒
仅剩的困顿呼吸均匀缓慢
在偏僻的农村沉默忧伤
试图叫醒一轮新的成长计划

春雨、夏阳和秋风吹落的树叶
集体撑开满是月光的河流
等待它流进春天的土地
流入微风拂面的暖阳

追寻新轮回，追寻嫩叶
从坚硬的年轮后拽出茶香

从白茫茫的菌群下细数时间
这暖阳下的轮回一直变幻
生出年轻的铠甲和向往
或者，已经褶皱的声带

鸟巢吸引的目光

一

树杈垒起的鸟巢
占据了冬天的旷野
这些裸露出的蜗居
吸引了刺骨的寒风
遮蔽着欣欣向荣的田间
静谧和雪落，斑驳与忧伤
隔离在温暖的双翅外
与迁徙的风相遇又分离

二

细密还是粗糙，生活的齿轮
无法纠正。生活是选择一个方向
太阳也选择一个方向

夜晚的方向永远是白天
我担忧的是应该留下不舍的目光
过去已久的指针上
镌刻出珍贵的纹路
一次次获得星光的庇护
并以肉眼可见的速度
探索，反季节的或者新的起点

周游世界

我想在路上，无论是追求完美

还是忘记某件事情的残缺

来在来时的山路

去了去时的未知

周游世界的决心已定

太阳意外挂在西山山头

火红的傍晚塞满流浪者的铠甲

人生有路，羊肠小道亦是风景

不是风雨交加中羊群的狼狈

不是温火煮雨的褶皱

还是要去周游世界

看看迷茫的青春和奔跑的自由

然后平复夏的炙热与脆弱

然后扩大心底的版图和意识清醒

或许，只是阳光的误解

一只蜜蜂飞舞在花丛中
它不记得哪一朵是曾经的约定
或许只是阳光的误解
它从容淡定地掠过熙攘

没有人有精力跟踪它的足迹
任何花儿，都不懂它的魔法
偶尔一次繁忙的叩拜
才发现昨日的自己和高尚

同一时间赶考，钻入群山
紧挨着另一座山的脊梁
寻找孤寂的留言与无法抵达的足迹
山穷水尽处的草木轮回

刺　梅

应该不是张扬的性格
却挤入北方山下的院落
梳理夏日燥热的事物
满枝丫的刺穿透不再流行的歌
梧桐浓密的阴凉来回摇摆
将生活中左右倾斜的远方
拉近又扯远，赶在大雨倾盆
呜咽的版图会再次扩大
甚至是断垣倾塌，孩童的哭泣
一段善于遗忘的人生
到了城市，不知所终的
还有曾经朴实的刺梅
戒掉夏季的风，戒掉夏日的目光
戒掉黄土执着的脊梁骨

暖的仰望

立春，阳光，暖的仰望
年份更迭，犹如一滴酒
炙热又散去回味无穷的记忆
时间的风骨丰盈，坚强如铁
沸腾终结了一个新的创世纪
没有谁会在意平铺直叙的雨露
能够冒着严寒采摘命运交响曲
或许只是阳光的留言，更加简短
更加自如，介入新生的雾霭
从清晨朝阳的希望开始瞄射
一丝丝幻想静悄悄地嵌入
不是喧嚣，高低浮沉的磨炼
慵懒最是读书心有余悸的感叹
和心镜一样透明豁达

破　茧

一层丝包裹细密的呼吸

横竖交织，左右倾斜

也许这一刻就应该扯断

也许这一刻就开始接续

拧紧长远的目光和姿态

开始流逝，开始掉以轻心

强大的信念成为狭隘的一部分

纯真的理想抒顺褶皱

阔远，平和，破茧成蝶

让绿芽越陷越深，更染一层绿

长成深绿，墨绿，或者更绿的果肉

这都是最后的和最初的起点

虚空之词

白天与黑夜交叉循环
山与水相互磨砺
谁在背后诉说另一种存在

或许只有阳光的翅膀更加坚强
风雨兼程的旅途上
有的是机会寻找志同道合的痛惜

有人说，一切尽在
虚空之间

当然，春天的诗词尽是烟火
灯火阑珊的齿轮转动着命运之轮
清空每一个年轮之后的纹理

回　家

某个黄昏，选一条路回家
却忘记当初是怎么离开的
曾经无忧无虑的生活
那么迫切地与远方相互撕扯
如今转头，空荡荡的时间后
写满盗版的故事，振兴乡村
这无论是谁的挽留
你可以明白的，孩子可以自由读
你能够理解的，续写的更加消瘦
所以，选一条路回家
画出一个人出行的秘辛
那是母亲一直走一直走的目光
走得急切，回得更加急切

自知而知

开始掉以轻心
迎春花抽芽
悄然间的年轮转换
永远是独处的自由
谁的目光炯炯
谁的信号可期
谁的自知而知

昨夜没有记忆的梦境
写满了种种未知的迹象
能否尾随和煦的风
再以朴素的人间正道
知会夏的雨露和热情

人间一趟

没有去更远的地方
走在冷劲的风中
品尝一口烈酒
勾画童年无知
将它遗留在苔藓深处
掩藏愈来愈昏暗的夜空
万物皆集美和科学于一身
看着它们，突然想起
时间早已飞逝，去了虚无
你也在虚无里，不以为然
或者深以为然

北方之春

北方的春，梨花铺满一地又一地的白
在满是绿的麦地中央，梨花悄然度过春
绽放诗句，有人想说融融暖意
想盘点扑面而来沾满春雨的枝丫
想折取这满城花香，酿一坛酒
一些回暖的目光与一处惊喜
能够被拽进春，与自然一起拼读
更高级的，驻扎生命最初的挣扎中
苏醒寒冷的逆流，苏醒竹节
苏醒一个温暖的字母，让它汇成
稀缺的河流、欢快穿梭的燕子
余光中无比喜欢的燕子
它们又一次在我梦中的瓦房下垒窝
时空缩短，南方与北方慢慢相通

草 药

很多人说，草药是陈旧的
粗陋的，却截取不同的趣味
酸甜苦辣咸，翠微沧渊
仙凝扶摇，浮光望舒
经历过这天地独有的淬炼

那些随处可见的颗粒、叶片
以不同方式炮制
肉眼可见地挤出各色印记
提炼出土地身处的各色密码

很少有人能记住它拗口的名字
它却可以调配出万物的姿态
以抚平的期许走出苦痛的辩白
以祭献的牺牲克制侵略的步伐

风干了泪眼婆娑的目光

突然，她悲上心头
窝在男人的坟头号啕大哭
她想吐出郁积在胸腔的疼痛
啪啪滴下的眼泪，回溯一生的力气

她以为这样便能追回些什么
比如，煤油灯下的纺织时光
冬日寒风刺骨的清冷月光
家里那只趾高气扬的花公鸡
如今，她只能用最简短的眼泪
倒推昨夜的梦境与锈迹斑斑的留言

她趴在坟头，慢慢衰老
过去折叠的时间不再转动
静止另一半的呼啸而过的风
她慢慢缩回，与土地融为一体

畅快淋漓地投下生命的涟漪
风干了泪眼婆娑的目光
也风干了所有的挣扎

静坐，抑或恍惚

面对友谊，我应该送你
春风十里，小桥流水杨柳风
或者，陪你煮一杯沸腾的浓茶
与远方，当然是抹去眼前的烦忧
不与脆弱互相撕扯

阳光恰好，打下一缕一缕光
可静坐你面前，同时恍惚
茶水咕咚咕咚的，拨开你的
我的微醺的愁肠

自然搭配的无限色彩
敲响晨钟暮鼓的歌谣
减去不合时宜的孤独
虚度彼此的年轮中

湖　边

几只野鸭来回游荡
泛起圈圈涟漪，晃荡着早春
岸边寥寥无几的游人
眺望远处的复古亭台
沉默。这不是夜晚
他捞不起一轮的圆月
只徒劳地思考着它圆了
又缺，缺了又圆

他早已有了些许白发
那些从前的锅台
井台，吸起来咕噜噜的
黄铜水烟，脊背弯曲的爷爷
早已远去，也逐渐淡漠
他却跌落至那条细峡谷
安静思索，均匀呼吸

自 由

世俗烦琐。生命无常
将心解封。心是自由
鹰鹫，流星，一闪而过的闪电
不是想要划破什么
不是想要祈愿什么
最后都跌落湖泊与大海

大海没有边际，最是自由
母亲的爱最宽广
将枷锁背负着，一生一世
将牵挂栽种于房前屋后

换位思考

试图站立另一座山头

远眺。安放另一颗灵魂

一双澄净的眼睛空想

模仿另一种逻辑思维

愤怒，悲伤，放声大哭

却不能割舍善良的馈赠

换种方式思索：绯红的葡萄酒

浓郁的咖啡，人生百味

大雪覆盖在门前小院

覆盖了往日熟悉的目光

最好用扫帚清扫出羊肠小道

人世间

从浅入深。从生至死
一刹那间,一根拐杖
再也撑不起一具衰老的身体
迟疑和不舍顷刻塌陷
智慧的通行道,鲁莽的风向标
一些农耕与科技交汇的理念
像黑白照片具有清晰的界别
牛羊踩踏的羊肠小道
永远搁置着笨重的牛槽

原谅生活,遗忘了父辈的教导
遗忘了一头黄牛的低头俯视
它的嘶吼叫不出父辈的愿望
反而是一个一个失去的年华
眼泪铺就的道路
写满了虚度的风

写满了雨雪撕扯温度与光芒
写满了汇入大海的支流
风停了。太阳的光芒恰如其分
酒酿的甜曲洒下引子
引出一段慷慨激情的文字
引出一幅色彩适中的国画
引出越来越深沉的土地

夏日倒在麦地

一片片。麦穗挂着白色小颗粒
一直蔓延至东北方向
它们互相拥挤，挤出孤独
或者沉默寡言的牧羊人
在声声拔节的歌谣中
羊群不再发呆

隐入父母的怀抱
不再猜测和怀疑自己
夏日倒在麦地
麦穗挂着白色碎花

洛　河

流经东南的洛河
被枪扫射出
伤痕和美德

墓碑和松柏目睹战斗
风追风，了无牵挂
也不虚构推理更大的主题

一切都是寂静的
像生死契阔
它蜿蜒，盘旋，羞于言谈

一切都是寂静的
像修禅悟道
它悠长，壮阔，落地生根

浮 华

一

来来往往的梦境
诉说着镜中的春
春的风，春的雨
春的目光嬉笑怒骂

二

离开人群密集的年轮
你可以去看看河中央的横竹
载着另一种的朝圣
求神，摆渡边城的新汛期

三

很多人不期而遇
挤进湖边的歌谣
打鱼人破译出它的自白
月光打捞出渔人的浮华

南方与远方

宝华山南，火烧云顶出南方的微瑕

第一次遇见如此富含温情的世间

烈焰燃情，河流照见黄昏独白

青山掩饰不住隐秘的八卦图

并非是跋扈飞扬

南方，是远方

可以收拢生命中陌生的事物

新奇的因子抵制遥远的词汇

月光低了

山上的羊群磨炼月光，月光低了
牧羊人的皮鞭也低了下去
它一点点抵达丰硕的土壤
轻轻舔舐着干渴的裂纹
犹如李仪祉[①]，用洛惠渠
铺设纵横交错的草木轮回
我所敬佩的：尧山洛水
以人格倚仗的丰碑
抒写极具感染力的生命方式
他们刻下北方坚硬的石头
星空与浩瀚无垠的星夜

---

①李仪祉：陕西蒲城人，水利学家和水利教育家，提出建设
"关中八惠"的工程计划，被誉为中国近现代水利奠基人。

我记下

生命里，需要射进一道光
曾经这样希望过：阳光明媚
雨水充足，滋养百草
畜牧发达，山水共生
记下祖辈存留的气息
记下北边吼叫的冷风
记下挺直的脊梁脖颈
最好是记住农耕文化底蕴
每一个低头拉犁的牛犊
每一个四合院的门头
一句话的目光望穿了褐色奇石
一条绵延的山脉隐隐作痛
从声声木鱼中敲醒拔节的麦穗
敲出一个庄严的庙宇
以敬奉信仰之名开始焚香

消　散

曾经繁华落尽，尘归尘
土归土。所留石刻浮雕
刻不出消散的世间冷暖
大地沉迷于四季更迭
河流照见五蕴皆空
这漫山遍野刻画的留言
被无数个夕阳饮醉
墓碑是无言的，历史陈旧
历久弥新的正气凛然
最终以生命
修建自己的最高殿堂

养蜂人

他怕蜜蜂尖锐的刺
尤其是嗡嗡作响
他怕一只外出的蜂迷路
尤其是误入花蕊
第一天，蜂隐入山中
第二天，蜂误撞槐花
油菜花……
直至最后一日

蜂飞进飞出
他的目光也跟着进进出出
酝酿甜言蜜语
酝酿一组又一组逝去的青春

蝉鸣声声

突然，一声蝉鸣

冲破故乡的云层

鸣叫，或者趴在杨树上静默

那个夏季的泄洪又一次涌上心头

被山水冲走的果树、家畜

还有青春难以启齿的忧郁

暴雨倾盆，酣畅淋漓

这一切似乎都不曾遗失

可站立风口的浪尖上

再也没有一些身影

蜕了壳的蝉依然在鸣

它不厌其烦地

传递越来越浅的困惑

泊雅的哲学小院

只有诗词中才能捕捉一个画面
在火炉旁安静读书
在四季轮回中坚守农耕
泊雅的日日、月月、年年
她在酿酒，一杯至纯至香的
装满一个人的世外桃源
她在作画，一幅微风拂面的
画满世间敞亮与自由

火炉微醺，暖意融融
寂静吹响耳边轻轻的哲意
雪花洗净铅华，覆盖一层
从年轻开始织锦的素心
草堂，烟雾，满墙的书
不放弃春，更不放弃冬
不放弃笃定、信仰和跃跃欲试

短暂一生

最初和最后，唯一不变的留言
应该似太阳般灿烂
犹如水滴清澈明朗

年少惜春，感念一切
习惯与未知和后觉一一较量
唯一不变的是岁月无痕
阳光和月亮平分秋色

涵盖一生，最深情的告白
解锁泪水和世间的美好追寻
最持久的目光望穿白天黑夜
逐渐模糊了衰老的年轮

应该计划好何时花开
何时依赖声调，精力充沛地

栽下不断成长的大树和热情
而在年老时，不再伤悲、发呆

时光如梭，一条美满的支流
一条坎坷的支流，织就奔涌的黄河

两只乌龟

第一只是我买的
第二只是亲戚送的
它们养在旧式面盆里
十年来，它们不曾说过一句话
十年来，它们一起冬眠
它们还一起划动脚步
却不知它们如何密谋安静的日子

它们叩击冬至的大门
然后冬眠
我以为的虚妄
只等着它们仰望
寻找新的意象
它们需要硬壳：
以此打捞圆润的安眠曲

人生都是一个模式

又一个老人离去
又一个春天消瘦

人生都是一个模式
从懵懂到清醒，处事懵懂
从清醒再到懵懂，认不清一扇窗
窗里窗外，棋盘变幻莫测

又是一盘棋
又是清明舔舐世间

荡秋千，祭奠，或者折柳
折下永远谦虚的谦卑和敬畏
只有在绝境，人才能挺直站立
只有在坦途，人才能深深俯首

枢　纽

倾泻而出。唐朝遗留下来的石刻

更上古的浮山，梨园曲艺

梳理出封建、豪族和古代平民社会

注解了历史流向和脉搏

石狮旁，弯下腰的柿子树

由绿变红，再返回光秃秃的

大写了未曾衰老的哲学

石狮无言，柿子树也无言以对

纵观奉先，似乎早已远去

与这片土地融为一体的

是时间无限大又无限虚无的生成

绵延，并且钙化，再次融合

可是，从哪里来？到哪里去？

还是枢纽式的目光：农耕，游牧与海洋

被遗忘的事物从来都静默

石狮沉默千年
只与历史与苍茫对话

一棵弯曲的柿子树
与来往行人治愈历史

最美时，是秋
柿子火红
石狮傲立

一晃许多年，冬天被过滤
筛选出白雪皑皑的雕像

柿子树静默。石狮静默。冬天静默。
雪静默。被遗忘的事物从来都静默。

四合院

突然想到传统四合院
红色或者蓝色包裹的世界
在一片空白中，栽种诗意

我突然想留下它
滴答成线的雨滴
眼见得垂成一条线

记忆中——
天井的石榴树红过庭院
我想到轻纱拂过
风吹开一扇窗帘
再摇晃一下高大的梧桐
如此幽闭的世界
满天繁星，无论是什么
最好是竹，与我的诗歌纠缠

四季分明，丈量阳光的脚印
在敞亮的院子，留下梅兰竹菊
并且度量本心的守衡

煮　茶

所有的茶具和水杯
都可以解读一条河流
解读草木零落，生命之光
入茶的叶芽和花卉
消融了某些坚硬的词汇
像禅定印记，咕咚咕咚的
煮开眼中凝结的冰雪
煮开一春梨花
用茶的名义，冥想，呼吸
圆满造物主的封印

日　记

步入中年，应该写点什么
或者是用什么入诗
虎皮兰正旺盛，红薯的枝蔓
爬满了整个电视墙

离开耕种的土地
豌豆的花朵洒满青春拉长的记忆
不断轮回的阳光
风总是无声吹散曾经的脚步

日记能溯回唐宋元明清
也能吹裂寒冬的冰层
植物的根茎，它从泥土里
拉扯出另一个具象和月光碎片

老电影院

老字孤单，没有人喜欢
老电影院狭小古旧
大树下的屏幕被风卷起
堆积的胶片一息尚存
曾经奢侈的享受似乎不值一提

尝试提炼了许久的工具上
翻不出恣意的青春
追溯出来的旅途，锈迹斑斑
返航者背篓里满是过去式的后缀

汉服，画舫
拴马桩的扁绳拧在一起
想一生是多么飞快
想一生是多么炙热

漫山杏花开

春风吹开了漫山杏花

三月得意扬扬，直接通往童年小镇

喜鹊能叫出任何修辞的希望

比喻有比喻的血缘关系

拟人有拟人的精神启示

杏花却含羞带怯，它从不询问

也不会让一个诗人空手而归

那漫山遍野的被风吹过的春天

抚摸着牧童的短笛，吹出

女人们笑靥如花的目光

桥山的涡轮里，一树树杏花

待踏春的云层蓄势待发

画下杏花和她们微醺的倒影

再见，或者不再见

在春天相见，沿着希望之路
以土地的网络之藤条
卷起梨花、杏花和桃花
渡过春汩汩溢出的哲学之词

或者离开春天
一起追夏季的果实
无论炎热

或者，再也不见
不谈那些搬迁出去的故乡
只和架在高树枝上的鸟窝
和生态文明，冬与远方重合
老屋与另一半故乡重叠

游秦淮河

迷幻之境。彩灯布下魔咒
千年一叹撞击人类的声音
越是用力，越分不清东西南北
竟连接至春夏秋冬

可以再迷糊一点吗？
可以再慢一些，倾听婉约的词
可以再疲劳一些吗？
可以迟缓一些，辐射后院的哀伤

船行很慢，似乎在争分夺秒
打捞曾经的繁华，从繁华荡尽
从这个缝隙开始摆渡
将耻辱剖开，感慨南方奢侈的文化

最好不记得，当然不记得

天逐渐暗淡，水逐渐暗淡
沿着天空的斜度，一边观看
似一朵四处灿烂的烟花

往后余生

往后余生，阳光粒子
将雨水挤进狭窄的云层
进一步安抚冬天
道出津津有味的光景

日上山头，日光偏后，夕阳西下
留在山坡的光阴
吹开了杏、柿子和石榴

每一次的花开
都是母亲欣喜的叮咛

隐

小隐隐于终南山
大隐隐于人海
隐在人人皆知的世界
隐在寒梅怒放的角落
悄悄开荒

或者作为玉米的种子
或者作为红薯的根茎
最终，回归自然
慢慢轮回

空巢村

学校空了

赤脚医生的银针闲置了

大棚里的春天挤进了冬天的尾巴

几只狗共同维护夜晚的星光

故乡的槐树更老了

贫穷和落后的固有观念遗失了

涝池干涸了

一些旧意象的事物呈衰老之相

一把把生锈的锁

锁住了虚妄、沉默

锁住了一节一节的麦穗

锁住了一地留驻的月光

与祖辈们有关的

之牛槽

第七头牛还在慢慢咀嚼
土地上的脚印留不住吆喝声
爷爷反复搅拌着牛槽里的麦秸
搅拌着一地早已破碎的黄昏
他还会训斥
像干瘪的失血的煤油灯

之苜蓿

至今犹记得那一亩苜蓿地
蝴蝶纷飞，那个年月
最能与远方挂钩的植物
具体能去哪里
没有人知道，风也是

之耕犁

就那么戛然而止
消失在人类的简史
在滴入土地的汗水中
剖开坚硬的土地，落地生根
比如，历史
比如，漫长的希望
最后，却被展览在博物馆
成为捋不直的忧伤

时间博物馆

不是秦汉盛唐
没有烽火亭
更没有简牍
仅一个日晷图腾
仅一个读不懂的日暮烟尘

尘世繁华，皈依佛门
一节听风的竹
比时间长
比故乡深邃
比鱼自由
比我的卑微更善良

酸枣核

坐在山头，可以忽视阳光
却无法忽视那株弯腰的酸枣树
无法忽视它一脸阳光
以及跌宕起伏的命运

用浑身的刺掩饰卑微
信任它抛出善意的品质
凝视北风的高贵
一些无法预料的未知
一些早已预料的可能

留守故乡

到了最后，那个留守故乡的人
才能倾听万物的荣枯
与月亮一起感受孤独
日出而作，日落而息
他不知道他的人生差了什么
无琴弦丝竹，也不曾忧郁
无摩肩高楼，也不会失落

想到幸福，临近小城漫天灯火
一日三餐。一年四季
从冬覆盖的萧瑟里醒来
一朵花有一朵花的狂喜
与自然合奏，一只野鸡急速降落
一个个人生相互艳羡
留守与出行相互争辩

全身而退

投入童年的石子
没有激起一点浪花
风平浪静的信号灯显示
童年已全身而退

无数次望向外婆家的桑葚
和黄杏打听，也曾酸涩不已
除了红木桌、眼镜和《圣经》
青年已全身而退

每夜的梦里，我依旧打听不出
那些奢侈的梦想去了哪里
可能是逆流而上
可能是顺流而下

节 气

从立春到大寒。和而不同
才能抡出意气风发的雪花
一些物种的密码，愈加神奇
蝌蚪的尾巴变成四条腿
软骨动物，微生物的细胞
万里阳光洒落在各个角落
云层阻挡不住，月球甩不开
任何纠缠不清的逻辑
木匠的斧锯凿不开丁卯
渔夫的船网捞不上丁丑
鹰鹫与天空相互漂泊
并不想思考一个人的故乡
如何陈旧，缺乏热闹
各个节气的顺序排列有序
最好是五月或者六月
青山不移，绿水环绕

后知后觉

身体的穴位复杂多变
五感是最不可靠的
词语后能够注明的修辞
能否雕琢出更好的意境
不得而知，总是后知后觉

流经心脏的血液
时而缓慢，时而急促
未必不能攀登高山
未必不能平淡自如
人生总有另一种补偿

比邻而居

一场鹅毛大雪让春日返寒

让冬与夏比邻而居

一些隐形的生命力

填充某些不和谐的因素

或许，乌龟与兔，麻雀与粮食

刚刚诞生的磁悬浮

应该是永不熄灭的力量

寄生在枯木，在新生

礼佛，追道，还有信仰

能否抵达山涧

不得而知，冥冥之中的宿命

燎干火

父亲蓬起高高的柴火

一堆堆，燃烧在母亲的视频里

她兴奋地说："燎干火啦！"

贝塔①带着邻家的几条狗

围着火堆打转儿，边边角角也不放过

母亲使唤它一圈一圈地跑

替代儿子、女儿、孙子、孙女

燎秽气，除百病

火焰流淌出滚烫的气息

空空的巷道，唯有火焰旺盛

老一辈人的传统依旧

到了这辈都是虚像

不是倒立，就是缩小

---

①贝塔是一条温驯的金毛狗。

一个人的盛世

年少时，理想是崇高的土地

可以栽种任何顶住饥饿的粮食

生活起起落落。任何持久的追求

犹如单像和午后的太阳

被云层一点一点地吞噬

月亮的传说反而更持久和浪漫

孤单地映射在童话世界

石杵、桂花和嫦娥

离开任何一个固定的失却

生命苍凉，谁能将它驮在马背

恣意驰骋，酣畅淋漓

跑出一个人的盛世

认知你自己

偶然间给了自己一个定位

性格内向，不善言谈

然后郑重其事告诉身边每一个人

每一个行为都会受到它的影响

最好能有一个空谷

建造一座房子，挽留更多氧气

生活慢到极致，包养更多阳光

冬天踩在厚厚的积雪里

夏天走在潮湿的小路上

春天变绿，秋天变黄

这个时候我一定是个寡言的智者

如此生活，松鼠认识了我

在我身边蹿上蹿下，偶尔走失

我也不焦急，等待它自己归来

小溪的倒影灯火阑珊

大山的回声万籁俱静

渐渐地，自己也会走失

走向未知的未知。已知的未知

老子说："知人者智，自知者明。"

有人了解自己，年轻时十分笃定

我是说如果……

跃跃欲试

我曾如此虔诚地祈祷

月亮圆了又缺，现在我依然虔诚

明晃晃的月光穿过漫长的夜

和那些紧张静止的日子

这些过去式的词根

消失在茫茫黑夜

走过一段荆棘，前方的景色更美

摒弃一些旧场景，才能酝酿开花

比如，白融融的梨花挤进新春

挤进一年四分之一的好时节

饱蘸春的清露，欣赏春

大自然的馈赠，我自然欢喜

哪怕掏出一半的灵感

也会挖掘人性向善的跃跃欲试

一团乱麻

母亲老了，记不住任何事
包括半个小时前吃过什么
这个世界在她的脑海中越来越小
只剩下孩子，直至现在的一团乱麻
记忆散了，孩子离开了
打谷场不再堆积麦穗
不再去上工和计分
半夜也无需起床喂牛添料
她沉默寡言，她的言语
再也插不进城市的缝隙
恍如一世，她既没点燃春的生命
也没有留下冬的寒冷
她一点点地遗忘了童年
她一点点地喂养着村庄

别再谈论梦

该尽快醒来，别再谈论梦
庄子的世界才会孵出可能的梦境
多彩的鹅卵石铺满湖底
成为一个人幻想的窗户
打开那扇窗。打开一扇窗
最好是在生机勃勃的春天里
所有的名词、动词、形容词
走南闯北，描摹焕然一新的世界
掩藏素有的卑微与简陋

别再谈论梦境，该尽快追求
繁花似锦的轮回带着新生的阳光
认领一棵果树，一只鸡
或者更有可能的意志与毅力
此刻，我可以在北方的尧山顶
栽种一棵常青的松柏

古渡口

这是古旧的，也是茂盛的
萧瑟的渡口荒凉如暮年
他在河边站了一会
他在河边站了一生

以一己之力栽种了人生理想
如今，他走了……
留下了日复一日的执着意志

一些继续栽种树木
一些继续改善生态
一些继续安顿灵魂

鸟语花香的古渡口，不再沉默
大自然的奢侈品——云集
氧气、生态循环、暂住的群鸟

生活过的菌类和潺潺水声

在北方，河流是稀少的

河流最能流绿一片荒漠

而他，驻足在此

用一生

安置并且镌刻大写的"山峰"

时光堆积了厚厚的谜底

没有心悸

没有期待

年轻时，我们的相遇

一直被忽略

直至今天，依旧稀松平常

你静静地坐在对面

笑说："那时你没有这么胖。"

午后的时光寂静地站立一旁

满是尘埃

我想不出该怎么回答

时光堆积了厚厚的谜底

你我都不喜欢猜谜语

生活也不是交换

时间过去了

追求到风，风是自由

辩白了黑白，黑色是一种规则
白色也是一种规则
海洋秩序与陆地秩序
书上的理论艰涩又深奥
时光却是简单的
如流水，我们接受了一波浪
立刻就打过来另一波浪
我们只好迎接
只好站立岸边
追寻一浪又一浪的力量

最后一个留守故乡的人

最后一个留守故乡的人
一日三餐。一个人慢慢衰老
他简陋的房屋里尽是烟火气
一团跳动的日光从清晨至日暮
流淌出新的穴位，这是问题结症
时代洪流中，一些拓展性的留言
署名在最为荒凉的土地上
融为一体的，可能是敞开的
设置，可能是封闭的思想

最后一个留守故乡的人
手持玉杖途径熄灭的火焰
和熄灭的尘埃，荒凉的留言
画下古井，画下怀疑一切的疑问
这个问号，他日夜颠倒
也没改变一个人的村庄

也无法接通鸡鸣狗跳的午后
也没改变危如累卵的乡音
心念一动，仿佛丢失了另一个自己

绞尽脑汁

一直在思索，我忘记了什么
来处的来处和去处的去处
理不出头绪，我只好向未来出示
一个绝对真实的证明：
从封建社会
豪族社会
平民社会
向一些清晰的脉络
向一些侃侃而谈的大咖
请教
祖辈们的时代
任凭如何绞尽脑汁
龟壳与其清晰的线条
依然面面相觑
一直面面相觑

不确定

把观点掀翻，这是觉悟
她觉得自己即将出现
璀璨的星空
那一颗暗淡的星
拱起圆月
描绘着飞升的智慧
能确定的传说一直都在
不确定的呼呼风声
利用北方寒冷的星宿
和狼嚎。落雪
能覆盖静止的月光
她只是不敢确定
雪能否覆盖月光藏下的家书
能否遣散内心的焦灼
雪落无声，或许没有人听见它
隐藏自己

人生之路

如果走上另一条大路
一片大海流入理想
椰树、沙滩与暴晒的光
筛选出炎热的麦种

如果走上另一条大路
鲜花跌落野草丛
泪水夺眶而出
让它落下还是默默咽下

如果走上另一条大路
信仰不断萎缩
蝴蝶、蜜蜂与蚱蜢
任凭世间不断清醒

如果迈步

应该向前，向左，向右？
如果悲伤
应该向阳，沉沦，苏醒？

黎明抡开大锤
砸开一条巨大的缝隙
黑暗关闭窗户
拨出更明亮的电话号码

最好的人生之路
不是更好的远方
而是心底那颗种子
而是发芽生根的春天

节气断章

立 春

用海蓝的月应对
以青绿的梅申请
万物始，草木生
轻盈地撕开春风

惊 蛰

无论是谁的呼唤
回暖是优质的答案
油菜花竞相争鸣
蜜蜂粉饰物候之语

清　明

从而想到了莲
从而思索着清明
清洁廉明，风至
大地开始一一检索

小　满

或许是长大的娇羞
最好是成熟的内敛
别再追问什么方式
候鸟切开了一个季节

芒　种

麦穗低下头，欲语还休
夏日发动奔涌的热浪
一声高过一声的蝉鸣
呼来狂风，唤来雷鸣

白 露

光穿透草木，露珠凝聚
以另一种方式偷渡的水滴
晶莹剔透，果实更加饱满
某些藤条不遗余力地攀爬

霜 降

寒冷蔓延，冰花凝固
金黄的银杏骤然下落
遍地冷露的前奏
铺满佛系的秋冬

大 雪

如果落雪，如果腾出一个午后
光明正大地撕扯冬日梅香
寒冷会来得更加突然
一轮清月倒映在北方

大　寒

冰天雪地，草木轮回
和生命干杯，一条谜语
猜出那意味深长的答案
和远方的距离只是一滴水的形态

越过一些了无意义的哲理

蚯蚓蠕动在童年的土地
忧伤、理想与未知被一一松解
包括林子里粗糙的大树

寂静安逸的山地里
锦鸡昂首阔步地孤傲前行

一些新的坟茔，一些新的植物
陌生的羊群拽着红红的太阳
一起回归，我不记得那串枣的秋

如今是春日，松柏青翠
现在是午后，微风和煦
竭力找寻的童年变成一排省略号
从天空坠落，消失在干涸的土地

生长过一茬又一茬庄稼的土地
并未遗忘，他的记忆也没有萎缩
倒是天边的云层逐渐慵懒
越过目光，越过一些了无意义的哲理

最后一刻

从懵懂迈出第一步前行
必须考虑的，投身于自由
不同于区块链网络的神秘
不同于幻灭和愤怒的虚无
人生漫长，耐心地等来力不从心
等来长大，等来未知
等来一些模糊的概念
即使聆听内心的随心所欲
感情充沛的依赖性依然强烈
生命的广阔湖泊一次一次地
点击心脏的骤停或者跳动
最后一刻，再也无足轻重
人生的真实形态，以光速移动
那些潜藏的凝聚力式微
某些边界无以言表地渐渐疏离

同一个熙攘的文明

走在沙漠，比起晕黄的太阳

一望无际的壮美梦幻之地

作为一粒无规则的沙粒

生态以肉眼可见的速度崩溃

它没有五感，它在等待

一些翻滚的临界点

一些密密麻麻的生命：

风、无形的力量、清晰可见的怒吼

它们如何挤进尽是沟壑的旋涡

沙粒精力充沛，向远方

再远的远方，那里是一片废墟

那里容纳了同一个熙攘的文明

一个又一个移动的山脉

在风中逐渐消瘦，尽情变幻

不谈宿命，不说禁忌

只忠于精彩，缥缈，古老与年轻并存的风景

开放与宽容

某一个领域的风向标
逐渐年老，一些飞过的鸟雀
低头寻觅粮食或者遗漏的云朵
这不适宜用成语来形容
这跨越的实际是咫尺天涯
从春到冬，几经风雪
寒梅怒放燃尽了年轮的养料
隔着冬，隔着一层层冷峻
喊来北方的雪落和梨白
将开放与宽容划进另一个季节
然后让亿万年的石碑
传送阔达的光年和风的密度

安 放

植物的世界里尽是阳光
迷惑的思维中写满清醒
迫不及待的人间留白
竟是无处安放的目光
这是一束从镜子爬出的标题
它不再提其简介，最好忘记
然后，风将自己的印记抹去
镜子里静悄悄地安放灵魂
一句衰老的反问句正好问道：
"难道安放的规模从未扩大？"
新鲜的时令走进生活
陈旧的符号应该留下

留下空气

虔诚地提出一个问题
并不记得多年以前的初衷
或许根本就没有目的
只是不断肥沃土地
将山移平，水向低处流去
时间被太阳和月亮分割
历史并不虚无
我们生活在这片土地上
它一茬一茬收割希望
老槐树系上祈求的红绸
留下空气暗涌的各色元素
长久地切割出萤火虫的微光

月　光

那么多个漆黑的夜晚
我总是害怕，害怕有某些东西
还害怕没有某些东西
身后翻滚的枯萎的茼蒿
扯开我的耳朵和一身冷汗
它其实什么也没有做
皎洁的月洒下冷冷的清辉
拨动风，拨动耳朵里的虚幻
一块石头落地后应该咕噜噜滚动
一片月光洒下后想呼啦啦吹哨
然后，向深夜沉寂
冬夜的月光喜欢另一种哭泣
它暗暗跟在人的身后寻找胆怯
嗤之以鼻地默默嘲笑
而我只顾得上感受恐惧

或者深以为然

这么多年反复入梦的事物：
鹅卵石、电线杆和累到极致的乏困
这是走至潜意识的镜子
有时不以为然，更多的则是
深以为然，一夜又一夜
都在抽丝剥茧地冲破什么
我并不清楚，我只需明白
堆砌一些关于规则的命题
然后，遗忘
然后，为希望而走
然后，向一个真实的世界出发

挂在寒冷的冬夜里

明晃晃的月光洒下
一个人的胆量洒下
铺了一夜的冰霜洒下
往回返，一个饥肠辘辘的少年
手持棍棒，低头捋着苜蓿
这是明天的口粮
他应该是最晚还在墓堆后
寻找食物的，他住在山下
他闪烁成一个萤火虫
他挂在寒冷的冬夜里
他飞不出无边的夜空
他可能是天空里最不起眼的星
不像现在，许多不起眼的星空里
多了一些无法命名的明星

价　值

再次提起那些往事

涝池的记忆早已模糊

它不记得那个倒影

一群羊缓缓走过

余下夕阳，不愿前行

生活总将理性的道理遮藏

止于感性，这些模糊了事物的虚线

时间竟然不知分线

它也不知自己还可以被分为一格

一格，太阳没有说出口

月亮也似乎忘记这些

所有的价值只是它曾经收集

一年所有的季节，包括春天

茶，与世无争

与世无争是个性情之词
云雾缭绕中的嫩芽
可否封闭任何颜色的茶水
能否撇开白茫茫的雪落
茶，最是与世无争
最是柔软也最虚幻
如果人间有虚实
茶蓄势了一切生命
与生命之后的坚硬

金岩沟

一

秦岭浑厚
一道道脊梁历经万年
这天然的南北屏障
月亮选择走在一边
河流却四处流溢
冲刷出连绵肥壮的生命力

二

我选择在五月进入金岩沟
这条消瘦的山沟
装满了一些人的宿命
一些植物的历史
一些新鲜的四季

身临其境，我至少退回三十年
回到十来岁的旧时光

三

假如我是星星的读者
这次有幸见识了青绿浅绿
被一只狗吠出蔚蓝的天空
和无数翻滚的山泉

四

似乎我们曾多次擦肩而过
我不再喜欢那些西去的列车
金岩沟应该不是
尽管它被绿包裹
尽管它一样狭长且快速

五

它是一个文静的姑娘
叮咚的泉水扰不乱它的静
饱满的清风遮掩不了它的贫瘠

这是各种片段组合的世界
蝴蝶缠绕的泉水，不是失忆
是绿嵌入了被遗忘的乡村

棱角分明的风

某个瞬间，忽然悲观起来
一些执拗的薰雾逐渐模糊
夏日旋风飞奔而过
过快地结束秩序井然的气息
应该说，那道闪电
击破了棱角分明的风
粉碎了内心高筑的壁垒
即使太阳掀翻炙热的生命体
总有一些与烈焰有关的
划开完好无损的想象
仿佛花开花落
包裹无所畏惧

一个珠光宝气的清晨

要说是开始，得说清晨

一些隐约存在的裂变

从海水的镜像寻找倒影

个人的、时代的，山的、水的

而所有的这些，都要从一个

珠光宝气的清晨开始倒叙

夜晚的罅隙接纳一切

也能包括忘却，以可预见的速度

——测算，刺棘补充了血

马灯的微光掩盖了一些失色

浓密的树木信念坚定

听见自己纹理深处的运动

不断和大自然的恶劣气候较劲

召集可转换的养分

一轮一轮记录秘密的声响

活动轨迹

黄河滋润每一寸土地

历史放大镜片后的工具

它拱起一道游离的光束

一块漂浮在海洋中的石块

不仅安静，没有陈词滥调的喧嚣

蓝莹莹的，掩饰着虚无

敲击梵音，反射出直线

没有人能够丈量得清

一尾鱼七秒的记忆

一只鹰鹫俯身垂直的速度

山、水和无言的修辞

这无关逻辑关联词的活动轨迹

烟花之醉

硝的自语吗？显然不是
这往往是世界对于一种话语的
反面诠释，能将瞬间永恒
且不是永恒的哲学思维
且无需深入某种意境
璀璨者外化璀璨之奇妙
沉默者物语沉默之命运
所有人皆喜欢烟花之醉
绚烂、繁华，夜吞噬了夜
起起伏伏的，翻转明与暗
将最美的表达镶嵌在此刻的雍容
这个北方小城的烟花
疏通了血液里最华贵的焚香之蛊
与月亮一起焚香

自己的诗语

不再追求完美
你才是完美的开始
只在四十多年的生命
思索一些无可厚非的光芒
俯下身体
挽回游荡过的温情

从朝阳到夕阳
水流一生
我必须伸出友善的双手
为诗歌着色

一切精致的眼睛

东方的帝王之谷

埋葬着黎明的旋涡

它们从昨日的废墟里

望穿了冷肃的冬

春天很短，春天的柳叶裁剪得体

一切极致精致的眼睛之后

未来通往更加遥远的宇宙

忘记自己

最好能忘记熟悉的容颜

不用酒精的浅薄麻醉自己

松弛的皮肤兜揽不住满纸的文字

我最不想别人说他认识的我

我都不认识我自己

我曾经肥沃的滋生理想的土地

在某个瞬间，轰然倒塌

于是，忘记自己

站立在春日或者秋分

只问播种，不谈收获

无论忘记哪颗阴暗的种子

坐　标

我深怀谦卑

予你友善

我的通透与豁达

你分辨得出

烟火之下的精准坐标

可以认识时光

缓慢老去

思及人生，那么好

一些事物成为人生的执念

不知为何，莫名其妙

一些事物就会成为人生的执念

柔软的，甚至是坚硬的

一个落满雪的葡萄园

一排滴答的屋檐流水

允许秋天的风漫卷落叶

允许紫藤挂满春风

我只好证明孤独的价值

又见平遥古城

打磨过的砖石，反复推敲
她将某些观念捋直
将每一个黄昏捋直
急需一支琵琶曲卷起所有曲调

那个出关救人的故事
用坚忍的救赎之心
与所有的意志力形成完美的角度
我相信，他们一直潜藏于我的生活

头顶上洁白的云层
反射出经年的文字与哲学
熙攘，或者是静谧
我确信，时间属于温热的未来

王家大院

一砖一瓦垒砌：建筑文化
背后的故事恰如其分
留白的，是无法消耗的力量

经年之后，只能扎紧思绪
猜想当年的风，风早已消散
追溯那年的月，月寄来了风

除了风与月，我对谁都不再偏爱
它被太多的脚步掩盖
它被无数姓氏挤成狭窄的山路

诗经里

诗经里流泻而出的清晨
光芒似玉，挤入别样的诗句
它带着露珠和最初的信仰
拔高古老苍翠的竹节
这些耿直从容不迫
假如诗与远方追赶着秋风
云依附天空之镜
那一丝丝希望可否抚平哀伤
人间可否蒸发大雪封山

天空之镜搁置了太多的留言
大地之外摆放着温暖的村庄

固执己见

将某种意念挂在脸上
以绿皮火车的速度对抗认知
谁愿意诉说：金字塔的神秘
深海的空间，明亮的月光
今夜，旧歌未老，奔走天涯的诗句
在思乡的脉搏上跳动不已
敲吧敲，代表月亮的美好
提炼出汉文化的圆满
所有固执己见的倾诉
是秋，一场前所未见的霜
沉淀在植物、大地和山顶
寄于菊花，最优秀的突破命运的齿轮
穿过生命，穿过一切

乾坤湾

黄河奔腾的留言如此弯曲
像一个马蹄，挂满豪情的力量
如果它可以一步千里
丈量世界之大无奇不有
如果它可以沉默是金
思索可塑造的记录仪

大自然的语言奔腾不息
大自然的力量无限循环
大自然的魅力充满奇幻

春夏秋冬又一春，至冬
减去寸寸不合时宜
减去自由自在
冬减去秋，秋减去夏，夏减去春
从那最初的起点流转

致从前

想起牛吃草的石槽
牛圈里那窝野生的兔子
在这矮矮的一方只能发呆
他一天比一天懂得哭诉

凤仙花染红了朝阳和夕阳
染红夕阳下背靠背坐在一起的虚妄
他们将远方深埋于心
将天空新鲜的空气拧成闪电

瞬间，诱惑了一年四季
向日葵抬头仰望的瘦小光线
还有从前遗留下的光芒
顺着陌生的纹络描摹山水

茶　经

在山水清明的茶山
空气里尽是茶经
茶叶泡香日出直至日落
落日倒影下的茶叶
铺满不同的命运和故乡
它们会在不同的拐点扩张
然后漂浮，人生百味的许可证书上
茶道的哲理写满山峰、白云
瀑布和幽潭，它跌落过
也轻盈过，比幽潭更深邃
一杯茶流动出的不止是海市蜃楼
谁的味觉和嗅觉满满的春风？

与己书

如果时光倒流，别用近乎苛刻的
记录那些微不足道的日历
如果可以，忘记复杂的留言
翻阅明朗或者潇洒的行程
最好记得薄暮晨光搁浅的记忆
到了中年，远离非必要的
愿意书写流畅的清风
每一次细节描写不同的人间烟火
记得美好，记得买喜爱的书
也怀旧爷爷的竹椅
生活中，新鲜的事物越来越少
过去的记忆越来越清晰
向光性叙事方式值得期待

半生而已

手中的笔不能搁置

我不止一次告诉自己

墨香是新生的坚强后盾

能写下梅香与苦寒

更能描摹春暖花开与花谢

听说落日余晖是美

赏心悦目的力量是有限的

往前翻翻，日子清减是好

北方的留言如此淡定

将美好的愿望拥抱，半生而已

余生，最好能种下智慧

像大海里的水滴清澈

像高山上的树木生息

光穿透午后所有事物的名字

——着色，抢来一双回暖的目光

简单留言

从前，一个人留下的
简单留言，堆满了历史空间
追随滚滚车轮，从前的留言
如此安静，却琳琅满目
我喜欢经历打磨的树木
沧桑的事情其实没那么复杂
它需要充足的雨水和阳光
我习惯性的问候语
翻来覆去也是那么一句
至于五音不全的嗓音
我早已不再期待它的建议

站在老旧的物件前
它早已看破红尘，无喜无忧
而我用尽力气，抒写干净的村庄
即使塞满流浪者的诗句

原谅世界

如果能选择一种生活方式
俯身向下，向土地发出邀约
以河流的纹理梳理夏日
青山该有青山的稳重

人生的真谛里，应该有平淡
漫山遍野的橘乡铺满意外的宁静
他乡遇故知，与落叶的忧伤言和
所有往事清零，落入凡尘

每次想到回暖的风向标
立刻想到那水田里的朱鹮
原谅土地劣质的肥料
原谅冬日雪花封冻的黄昏

一个人的朝圣

这一生关于她的风景

很多人都说遗憾，尝尽百味

在矮矮的灌木丛下悲悯不已

她一个人在黑夜朝圣

偶尔收集一些回暖的诗句

依旧无法解冻冬日寒霜

她终将离开这落败的海平线

跟随浪潮抹平了坎坷的倒影

诗意与生活相互撕扯

静心等待：让疼痛消除

让疲劳一点点呼出体外

让清明上河图的繁华入梦

尘世里的俗事回答了她的坎坷

白雪覆盖下的美图

雪落下的声音疏于管理
雪落下的眼泪静止不化
能用瓷器盛下冬的萧瑟

整个枯萎的山的纹理
用柿子粉饰、白雪覆盖
用一节竹装下饱满的青烟

整个下午，一条狗都在追赶
两只麻雀，追赶着梅香
白雪覆盖下的美图，散了散
一年好景，休养生息之后
晕染丢在荒郊野外的枯枝败叶

需要一些记忆回暖生活

用不同的笔记录不同的幸福维度
最初是未来可期的新鲜事物
最终成了一些记忆犹新的东西
一眼望去，从出生看至死亡
活在人间的万物都有枯荣
包括晨光暮鼓，飞鸟走兽
守拙若愚比聪明更胜一筹
让虚无随风而去
世界需要一些记忆回暖生活
目光丈量的海廓与沙滩
比邻而居。智慧是一眼泉
有时涌出涓涓细流
细细品味这神奇的感觉：
抹去眼前一片空白

一场前所未有的暴雪

豆大的雪花落下
模糊了视线所及的空间
停留在幼年的许多个清晨的惊喜
大地被铺上了白皑皑的留言

静站其中，想读出只言片语
寒风扑面而来，打落冬日仅有的暖阳
雪慢慢落下，然后隐姓埋名
覆盖山水，房屋，麦田和浮尘

雪融化了，世界依然是原来的模样
雪融化了，最好与春天相见
此时，最好点燃火炉烤上红薯
煮红了茶包，两种光阴彼此虚度

一个已经褪色的词语

低到尘埃里，依然有光
水至善至柔，阳光无孔不入
对于一个已经褪色的词语
唯一可以安身立命的向往
是不断表达智慧的善意
雾气蒙蒙，甚至是风吹草低
我都希望是一束光
月光最好，可以容纳无数光阴
随意洒下醉人的静
任无比骄傲的少年放纵理想
只要心不曾遗失

半夜震感

摇摇欲坠。

寒冷逼仄。

大地正艰难地决定：

尘归尘，土归土。

——那一刻，只想逃离泛滥的痛苦

觉醒人性的光辉

火能燃尽无声息的地震

尽力捕捉温暖的启示录

波光惊醒了我